KB202072

청소년 시선
006

스무 살이 되기 전에

김남극

시인의 말

오래된 �꽤나무에 꽃이 피고 열매가 맺혀 자라는 학교에서 살았습니다. 아이들은 엘레지 꽃처럼 봄 교문을 들어섰다가 산 노을을 맞으며 교문을 나섰습니다. 그 속에서 만난 빛나는 이름들. 혼자 제비꽃 피는 꽃밭에 앉아 그 이름들을 불러 보았습니다. 하나같이 제 마음 어디 깊은 곳에서 이 세상에 존재하지 않는 꽃처럼 피었다가 졌습니다. 아름다운 아이들. 지금은 아이 엄마가 되었고 청년회장도 하는, 먼 도시의 어느 노동 현장에서 훌륭한 지구를 지키고 건설하고 있을 아이들. 그 아이들의 이름을 이 시집에 담고 싶었습니다. 다 담기지는 않았습니다. 그러나 다 담으려고 했습니다. 그뿐입니다. 고맙고 또 고마울 따름입니다.

2025년 봄, 봉평에서
김남극

차례

1부 숨기고 싶지는 않지만 숨기고 싶은

2부 피부색이 다르면 사람 마음도 다를까요

3부 바람과 햇빛과 달빛과 비와 구름 속에서

4부 이제 학교를 떠날 때

시인의 산문

독서활동지

1부

숨기고 싶지는 않지만 숨기고 싶은

별

야자 끝나고 집에 걸어가다가
별을 보았다

별은 별 볼 일 없는 나에게
별처럼 빛났다

성적표를 받고 사인을 하고
담임 샘과 상담을 했다

다문화 가정 자녀 전형을
기회균형 전형 장학금을
알게 되었다

별이 내 작은 마음에 쏟아지는 동안
집 마당에 들어섰다

엄마도 아빠도 잠든 방에
말없이 반짝이는 별처럼 누웠다

내가 별이 되면 좋겠다고 생각하면서
잠이 들었다

다 문화가정이잖아요

담임 샘이 나를 교무실로 불렀다
다문화 가정이냐고 물었다

난 누구나 다 문화가정 자녀라고 생각한다
다 문화를 가진 가정에서 자랐으니까

이제는 외할아버지 얼굴도 잊은 것처럼
엄마는
저녁 마당가에서 울지 않는다

마을 부녀회 총무를 맡은 날
엄마는 내가 국어를 90점 맞았을 때보다
더 기쁘게 울었다

난 우리 집이 다문화 가정이 아니라고 말하고
교실로 돌아와 단톡방에 들어갔다

'쌀국수 먹으러 갈 사람
쟈린 아줌마네 식당으로'

탈북자 철수

'샘, 어미하고 조사는 같은 거지요?'
맨날 엉뚱한 질문만 하는 범수에게
'엉, 너 탈북자 아냐?
북조선에선 국어 그렇게 배우니?'
농담하셨는데

옆자리 철수 얼굴이 붉어졌다
철수는 탈북 가족
라오슨가 캄보디아 국경을 넘어
몇 년 전 봉평에 왔다고 했다

하나원 이야기도 가끔 했는데
우리는 관심보다 호기심에 가까운 마음으로
철수 옆에 붙어 있었다

'철수 걔 탈북자예요'
누가 말했다
국어 샘 얼굴이 붉어졌다

'북한에도 표준어가 있어요, 문화어라고 하는데
대표적으로 두음법칙이 좀 달라요.
그러니까, 음 음'

국어 샘 자꾸 말을 더듬거렸다
그 말투나 얼굴이 북한 사람 같았다

수학여행

코로나 때문에 중학교 때도 못 간 수학여행을
고3인데 간다네요
학생자치회 요구를
할머니 교장 샘이 받아들였다고
문학 샘이 알려 줬어요

담임 샘이 수학여행비 내기 어려우면 말하라고
도와주는 분이 있다고

난 다문화 가정 학생이라서 도와준다는 거 다 아는데
담임 샘은 자꾸 말을 돌려요

숨기고 싶지는 않지만
숨기고 싶은
내가 이 나라 사람인데
가끔 아닌 듯한

이 순간이 그런 순간

엄마는 옷도 사고 신발도 사라고 큰돈을 주셨는데
난 친구들처럼 원주로 옷 사러 못 가요
그 돈이 어떻게 번 돈인데
새벽 6시부터 어두울 때까지
그 뜨거운 배추밭에 엎드려 번 돈인데

친구들처럼 알바도 못해서
난 조금씩 돈을 모아야 대학도 가고
별 그림 있는 커피도 먹을 수 있으니까
아무도 기억하지 않는 엄마 생일날
선물도 살 수 있으니까

수학여행비를 누가 내주셨대요
문학 샘일 거예요
문학 샘 돈 많다고 뻥이 좀 심한데요
돈 없는 거 다 알아요

잘 다녀오겠습니다
엄마, 문학 샘

스무 살이 되기 전에

엄마의 고향은 베트남 북부 산속이라고 했어요
가을이면 분홍 메밀꽃이 동생 볼 색깔처럼 피는 곳

다랑논에서 쌀을 수확하고
돼지도 잡고 분홍 메밀로 부침도 부쳐
함께 음식을 나누는 곳
아름다운 풍경보다 사람들 마음이 더 아름다운

딱 한번 엄마가 하는 이야기를 들었죠

스무 살도 되기 전 아빠랑 결혼한 엄마

요즘 엄마는 계절 노동자로 온 엄마 고향 사람들
작업반장이에요
통역도 하고 일도 시키고
참도 챙겨 주는

햇볕에 타는 만큼 일당을 받는 노동자들
노동자 한 명당 만 원을 반장 몫으로 받는

우리 반장 엄마

엄마는 엄마 나라 말로 전화를 한참 하고는
초저녁에 잠들어요
동생과 나는 숙제를 하고
핸드폰을 보다가 잠들어요

단톡방에서 친구들은 알바 이야기를 하면서
돈 받아 서울 놀러 가는 이야기를 나누는데
난 내일 동생 밥을 챙겨 줘야 해요
수학 공부도 도와줘야 하고요

엄마 출근 시간 새벽 6시
내가 잠 깨는 시간도 그 시간
난 스무 살이 되기 전에
할머니가 될 것 같아요

달맞이꽃

계절제 외국인 농업 노동자 반장인 엄마가
일 나가는 시간은
새벽 5시 반

4시 반쯤 일어나는 엄마는
밥을 하고 도시락을 싸요
나와 동생 잠을 깨우지 않으려고
조심조심 살금살금 움직이지만
저는 다 알아요
엄마의 발소리는 작지만
엄마 걱정은 크다는 걸요

엄마 다녀오세요 인사를 하고
더 자기도 하는데요
가끔은 일어나
엄마가 사라진 새벽안개 속을
한참 들여다보기도 해요

그 안개 속에서 꽃잎이 활짝 핀

달맞이꽃을 보기도 해요
병아리 깃털 색으로 하늘거리는
그 꽃잎을 만져보기도 해요

사람들은 달맞이꽃을 잘 모르는가 봐요
다들 잠들었을 때 피었다가
아침이면 시들거든요

엄마는 달맞이꽃 같은 젊은 날을
고향에서 보내고
달맞이꽃 같은 나와 동생을
꽃이 시들기 전 일 나가면서 키웠다는 걸
요즘 알았어요
나도 엄마처럼
꽃이 시들기 전에 일어나면서요

추위에 얼어 죽는 사람이 없다는 엄마 고향

가끔 비가 스콜처럼 내린다
배추밭에 비료를 주던 동남아 아저씨들
우리 집 처마 밑에서 비를 피한다

작년보다 더위가 일찍 왔다
이 고랭지 산골에도 지구온난화가 찾아왔다고
지구를 걱정하는 사회문화 샘이 말씀하신다

혼자 떠드는 텔레비전 앞에서 잠든 동생은
이불을 자꾸 차 낸다

엄마는 자꾸 이불을 덮어 준다

폭신한 이불을 당겨 덮고
엄마는 잠이 든다

나는 아직도 추위를 타는 엄마를 보면서
이불을 턱 밑까지 당겨 덮고 자는 엄마를 보면서

엄마의 고향을 생각한다
붉은 메밀꽃이 산과 들을 가득 채운다는

겨울이 없어 추위에 얼어 죽는 사람이 없다는
먼 남쪽 나라

첫 장학금 받은 날

담임 샘이 교장실로 가라고 하신다
왜 가야 하는지 모르지만
교복을 단정히 입고 스타킹도 신고

교장실 앞엔 문학 샘
뭔가 미안한 표정으로 안 온 친구를 확인한다

현주 근용이 미라 하늘이
세종이는 아직 안 왔는데
오늘 학교를 안 올 수도 있을 거다

교장실로 들어가니 장학금을 준다
깔끔한 양복을 입은 할아버지와
숫자가 찍힌 하드보드지를 들고 사진도 찍는다

난 공부도 잘하지 못하는데
학생자치회 간부도 아니고
우리 집은 한부모 가정도 아닌데

내가 받은 건
다문화 가정 자녀 장학금

같이 서서 사진을 찍은 친구들이
다문화 가정이었다는 걸
처음 알게 된 날

난생처음 장학금을 받은 날

고속 기차

친구들은 KTX 타고 서울도 가고 부산도 가요
청량리 백화점도 가고 아웃렛도 가서
친구들이랑 옷도 사고 스테이크도 먹는다고
월요일 아침이면 도시 이야기가 가득한 교실에서

난 분홍 캐리어를 끌고
파리나 런던 공항에 도착해
에펠탑이나 빅 벤을 배경으로 사진 찍을 날을 기약하며
수능특강 문제집을 풀어요

이 시골에도 고속 기차가 생겨서
마을회관 할아버지들도 서울 관광을 가고
아주머니 아저씨들도 해외여행을 가지요
농협 축협 신협 조합원이면
동남아 여행도 갈 수 있대요

다문화 가정 학생들만 가는 제주도 무료 여행을
가지 않기로 했어요
우리 집이 다문화 가정으로 알려지는 게 싫은지

엄마 표정이 어두웠거든요
수능 시험 끝나면 엄마랑 같이 가자는
엄마의 약속도 있었고요

고속 기차는 순식간에 이 마을을 지나
바다로 서울로 유럽으로 달려가요
엄마나 아빠 나와 동생은 이곳에 남겨두고
시원하게도 달리는데

난 페루나 볼리비아 아르헨티나 여행을 꿈꿔요
파타고니아나 우유니 소금사막에 가서
빙하와 소금 사막에서 인생 샷을 찍고
잉카 문명 유적지에 가서
인류의 위대함에 감동하고 싶거든요

수능완성 문제집을 풀어요
내 인생을 완성하기 위해서요
내 꿈을 이루기 위해서요

엄마를 위해 밥을 할 계획이다

엄마는 토요일엔 별일 없냐고 물었다 별일 없다고 시큰둥하게 대답했다

내 일과를 묻지 않는 엄마에게 무슨 일이 있는 걸까

토요일은 다문화 가정 체육대회가 열리는 날, 엄마는 군청 지원금도 있고 부녀회에서 맡은 일도 있다고 말을 흐렸다 나와 동생이 함께 가면 좋겠다는 표정이 쌀국수 국물에 뜬 엄마 얼굴에 비쳤다

용돈도 생기고 어린이 특별 선물도 준다는 말에 동생은 따라가기로 했지만 난 가지 않기로 했다 불편한 건 싫다

그런 행사를 하는 어른들은 무슨 생각을 하는 걸까

토요일엔 혼자 걷고 순돌이랑 놀고 인스타 레시피를 따라 스파게티를 해 먹고 함께 여행 다녀온 현주랑 작은 영화관에서 애니메이션을 볼 거다

하루 종일 운동장에서 어른들 챙기고 지쳐 돌아올 엄마

엄마를 위해 밥을 해 놓을 거다

문학 수업 시간

문학 시간에 학교 뒷산으로 산책을 갔다. 우리 반은 모두 열한 명. 문학 샘은 꽃과 나무 이름을 알고 꽃과 나무 모습을 알고 또 꽃과 나무 안부를 묻고 인사를 나누는 것이 가장 좋은 문학 수업이라고 했다. 우리는 놀고 싶어서 신나게 따라나섰다. 산길을 접어들었을 때 샘 웬 풀을 뜯어 먹어 보라고 했다. 난 샘 장난이 재미있어서 먹어 보았는데, 시고 쓰고, 아무튼 못 먹을 풀이었다. 샘은 그 풀 이름을 싱아라고 했다.

아, 싱아. 엄마 고향에도 싱아가 있을까. 엄마도 나처럼 싱아를 맛보면서 그 나라에서 자랐을까. 엄마도 싱아처럼 싱싱하고 풋풋한 어린 시절이 있었을까.

싱아 싱아
이름이 입 속에서 푸른 맛을 내며
엄마의 소녀 때 이름처럼
입안을 맴돈다

당연한 것들에 대한 질문
—질문 1

다 같은 사람인데 피부색은 왜 다른지
피부색은 다른데 왜 생각과 감정은 다르지 않은지

편견과 차별은 법으로 금지되어 있다는데
왜 사람들은 자꾸 내 얼굴을 유심히 보는지

열심히 노력하면 다 잘 살 수 있다고 하는데
아빠는 엄마는 늘 일만 하는데 왜 가난한지

계절제 농업 노동자도 다 인권을 존중받는 사람이라는데
왜 비닐하우스에서 살다가 불 속에서 타 죽어야 하는지

한국 사람은 트럭 적재함에 타면 불법이라는데
왜 이국 농업 노동자는 적재함에 타다 떨어져 죽는지

당연하다고 생각하는 것이 당연한지
왜 그렇지 않은지 그렇게 생각하지 않는지

절벽 위 소나무같이

　　우리 고장 문화유적 답사를 갔다가 절벽 위에 선 소나무를 보았다. 저 바위 위에서 소나무가 살다니, 기적 같았다. 어디선가 씨앗으로 날아와 싹이 트고 줄기가 자라 큰 나무가 되었을 그 소나무를 보면서

　　엄마 아빠 생각이 났다

　　경기도 수원인가 어디 건설 현장으로 간 아빠는 한 달에 두 번쯤 오시는데 얼굴은 점점 검어진다. 손을 보면 안다. 아빠는 힘들고 험한 일을 할 것이다. 손톱엔 머리를 감아도 빠지지 않을 것 같은 때가 깊이 끼어 있다

　　엄마는 귀한 손님처럼 아빠를 대접한다. 이젠 우리 음식에 익숙해져서 맛도 좋고 속도도 빠르다. 그런데 엄마는 자기가 한 음식을 잘 먹지 않는다. 물끄러미 아빠만 쳐다보다 물을 떠드리고 상을 치운다.

　　아빠와 엄마는 솔씨처럼 어디선가 여기로 날아와
　　싹이 트고 줄기가 나왔겠지만

여기는 절벽 같은 곳이라
큰 나무로 자라지도 못하고
솔씨도 맺지 못 한다

내가 엄마 아빠의 솔씨라고 생각해 보지만
많은 사람들의 발길에 치여
줄기와 잎을 풍성하게 피울 자신이 없다

늘 미안하다, 그래서

고전읽기 수업 시간에

우리 문학 샘은 그림을 잘 못 그려요
그런데도 자꾸 칠판에 그림을 그려요

우리 문학 샘은 그림을 좋아해요
그림 이야기만 나오면 진도를 안 나가요

문학 샘이 하는 고전읽기 수업 시간에
우리 모둠이 선택한 책은
전 세계 유명한 화가 이야기를 담은 책

뭉크를 보면서 친구들과 머리를 쥐어짜며 소리 없는 비
명을 지르기도 하고
프리다 칼로를 만나면서 여자란, 여성이란 어떤 존재인
가 생각도 하고
고흐를 보면서 삶이 불행해도 그림은 아름다울 수 있다
는 생각도 나누고
모네를 보면서 수련이란 연꽃이 꼭 우리를 닮았을 거란
기대도 하면서

샤갈처럼 환상적인 사랑을 꿈꾸는 친구에게
사랑은 칸딘스키 그림 같이 단순하지만
사랑은 알 듯 모를 듯한 거라고
소곤소곤 큭큭 이야기하다가

우리 엄마 나라 화가는 없네요
유명한 화가도 없는 나라에서 온 엄마가 낳은 나는
이 아름다운 그림 공부는 해서 뭐 하나
그림처럼 고귀할 수도 없는데
그 화가들처럼 살 수도 없는데

생각하고 생각하는
고전읽기 수업 시간

내가 야자를 하는 이유

난 공부를 잘 못한다
내 책임이 아니다
필리핀에서 태어나 여섯 살 때 한국에 왔다
할머니가 알려 주셨다
엄마가 기억나지 않는다
아빠를 본 지 3년이 넘었다
난 이 동네에서 흔한 조손 가정 학생

난 야자를 해야 한다
공부는 싫지만 친구가 좋다
공부는 싫지만 혼자 밤을 맞이하는 건 더 싫다
야자를 하면 친구와 밥도 먹을 수 있고
편의점에서 '1+1' 아이스크림도 먹으며
면사무소 뒤에서 담배도 피울 수 있다

야자는 그래서 내 유일한 탈출구인데
담임 샘은 자꾸 공부 좀 해서 대학 가라고 한다
말없이 속셈을 감추고 사니까
내가 공부에 진심인 줄 안다

대학 가고 싶다
이 강원도 산골을 떠나고 싶다
하지만 내가 떠나면

할아버지 할머니는 어쩌지
장날 고등어 샴푸 식용유는 누가 사다 드리고
전기 요금 전화 요금은 누가 내드리지
농협서 통장은 누가 찍어다 드리나

떠나고 싶지만 떠날 수 없는 여기서
나는 야자 시작을 기다리며 떡볶이를 먹는다
베트남 엄마를 둔 친구랑
편의점에서 불닭볶음면을 먹는다

2부

피부색이 다르면 사람 마음도 다를까요

감자꽃

여름이 오면
우리 집은 온통 감자꽃
꽃밭 가운데 있어요

강원도 산다고 하면
감자만 먹고 사는 줄 아는데요

저도 햄버거 피자 치킨 먹고 살아요
배스킨라빈스 롯데리아도 가끔 가요

감자꽃이 새벽안개 속으로 피면
피부색이 다른 사람들이 농약을 치러 와요
농약을 쳐야 예쁜 감자를 먹을 수 있다는 걸
사람들은 알겠지만
농약을 먼 나라에서 온 사람들이 치는 건 모를 거예요

흰 감자꽃이 피면 흰 감자가 달리고
연보라 꽃이 피면 연보라 감자가
땅속에서 여물어 간다는 걸

할머니 말씀으로 알았죠

꽃 색깔이 다르면 감자 색깔이 다른 것 당연한데
피부색이 다르면 사람 마음도 다를까요

다들 그렇게 생각하거든요
그럴까요

봄, 밤

봄 햇살이 따뜻해질 무렵
가볍고 다정한 참개구리 울음소리
흉측하고 무겁고 어두운 무당개구리 울음소리
섞여 들리는 밤

좋아하는 짝을 찾아
앞산 뒷산 뛰어다니면서 허공에 뱉는
고라니 울음소리

들리는 봄, 밤

살짝 열린 문틈 사이로
하루 종일 밭일에 지친 숨소리
끊겼다가 이어지고 다시 끊기는
신음 소리

엄마 아빠
속으로 불러보면서 잠을 부르는
봄, 밤

감자 열매처럼

감자꽃 피었다
앞 밭에 가득하다
가끔 꿈속을 가득 채우는
감자꽃

감자꽃 예쁘다
꽃이 예쁘니까
땅속 감자도 예쁘겠다

꽃이 지면 열매가 맺힐까

감자 열매가 맺혔다
우리집 또자 야옹이 눈동자만 한
감자 열매는
감자꽃을 닮아 예쁘다

사람들은 땅속 감자가 열매인 줄 알지만
감자 열매는 감자순 끝에 드물게 맺힌다
꽃이 피면 열매가 맺히는 게

당연한 일일 텐데

나는 꽃처럼 핀 엄마의
열매처럼 태어났을 거다
가끔 없는 사람 취급을 받긴 하지만
엄마에겐 감자 열매보다 더 예쁜 열매다

감자 열매는 감자보다 예쁘다
하지만 누구도 눈길을 주지 않는다
잘 안 보이면 존재를 부정하는 어른들에게
나는 존재하지 않는 존재인지도 모른다

다음 해 봄 싹도 틔울 수 없는
쓸모없는 감자 열매

휴업일

1년에 두 번쯤 학교는 쉰다
휴업일이라고

친구들은 부모님과 체험학습을 간다고
휴업일 앞뒤로 며칠 더 논다

난 밭에서 일한다
풀을 뽑거나 농약 줄을 잡는다
쭈그려 앉아 고추를 따기도 한다

할머니는 나보다 걸음이 한참 느리지만
밭에만 들어서면 잽싸다
앉은뱅이걸음으로 나를 지나 저만치 간다
앞서 가지만 돌아보지 않는다

학교는 쉬지만 바쁜 우리 집

할머니는 틀니를 다시 끼우고 잔치국수를 드시며
나에게 그만 들어가 공부하라고 한다

난 그냥 국수를 볼이 쏙 들어가도록 빨아들이고
그냥 웃는다

새해엔 농협에 계절제 외국인 노동자를 신청해야겠다고
할머니는 엄마와 말을 건네지만
엄마는 고향 나라 사람들이 오는 게 싫은지
못 알아들은 척 눈길을 피하고는

아직도 푸른 숲을 건네다 본다

가을은 아직 멀다

등하교 길

난 개울을 건너 학교에 가고
개울을 건너 집에 와요

가끔 섶다리를 건너 시장에 가고
섶다리를 건너 엄마를 만나요

개울을 건너며 보는 산과 구름과 별은
물속에서 반짝이며 빛나지만

난 가끔 혼자 울기도 해요
물빛에 빛나는 것들은 다 슬픈 것들이라서요

왜가리나 백로를 만나기도 해요
긴 다리로 우아하게 선 모습이
나와는 정말 달라 부럽기도 한데요

가마우지 떼가 나타났어요
요즘 그 개체 수가 늘어났는데요

유해 조수로 지정되어 잡아 죽인다네요
없던 녀석들이 나타나 생태계를 파괴한다고

난 그냥 두면 좋겠어요
어디 여기 살러 온 게 저 가마우지뿐일까
생각하면요

손바닥만 한 물고기를 덥썩 삼키는 놈을 보면
참 대견하기도 하거든요
낯선 땅에 와 저렇게 씩씩하고 떳떳하게
보란 듯이 살 수 있다는 게

난 매일
개울 건너 학교를 가고
개울 건너 집에 옵니다

단추

아무것도 아닌 것처럼 그냥 내 곁에 있는 것

가끔 잃어버리는 것 잃어버리고 후회하는 것

무심한 것

마음 쓰지 않지만

어느 순간 자꾸 마음이 쓰이는 것

안경 같은 것 반지 같은 것 그런데 두려운 것

내 속이 드러날까 봐

나를 숨겨야 할 때 꼭꼭

자꾸 손끝으로 더듬거리는 상처 같은 나도 모르게 너덜
너덜해진 골목 같은 시간이

얼굴을 내밀 듯 내게 자꾸 매달리는

알 수 없는 감정 같은 것

봉평 장날

장날은 친구랑 장날 표 떡볶이 먹는 날
맛없는 급식과 잠시 이별하는 날

살짝 교문을 나가 장터국밥집 앞
떡볶이 순대 튀김 오뎅 파는 아주머니께
환한 미소를 던지고
빨간 플라스틱 의자에 앉는 날
떡볶이 국물 묻은 친구 입술이
틴트처럼 빛나는 날

문학 샘도 가끔 만나는 날
무단 외출한 죄를 묻지 않는 문학 샘과
떡볶이와 순대 중 뭐가 더 맛있는지
그 음식의 역사와 문화와 영양 성분과
우리 음식 전통에 대해 토론하는 날
그러다 가끔 문학 샘이
떡볶이 값을 대신 내주시는 날

가끔 이장님 반장님도 만나는 날

풍력발전단지 건설 반대 머리띠를 두르시고
관광객 서명을 받으시다
붕어 없는 붕어빵도 사 주시는 날
고맙고 미안해서
반대 서명지에 어른들처럼 근사하게 서명을 하고
환한 표정으로 주먹을 쥐어 보이는 날

우리 동네 장날
봉평 장날

혼자 가는 먼 집

도시 친구들은
첫차나 막차를 탈 일이 없겠지만
저는 늘 첫차를 타고 학교를 가고
막차를 타고 집에 와요

아침에 한 번
저녁에 한 번만 오는
시내버스

첫차를 못 타면 지각을 하고
막차를 못 타면 걸어야 해요

빠른 걸음으로 딱 한 시간

어둠이 내리던 어느 날
학교에서 집까지 걸어 본 적 있어요

태우러 안 오는 엄마나
멀리 돈 벌러 간 아빠를 원망하다가

혼자 가는 게 내게 온 운명이라는
어설픈 철학적 명제에 도달하다가
지나는 짐승에 놀라 혼자 울다가
멀리서 반짝이는 우리 집 불빛을 보고

솟구치는 눈물과 억울한 마음과
보고 싶은 엄마와 동생을 생각하며
마당까지 뛰었지요

마당에 들어섰어요
아무렇지 않은 듯
눈물을 닦고
마음을 단단하게 먹고
현관문을 들어섰지요

혼자 가는 집은 멀어요
혼자 가는 학교가 멀 듯이
혼자 가는 꿈이 더 멀 듯이

눈 오는 날

아무도 오지 않는 하루
택배 아저씨도 우체부 아저씨도
휴지를 팔러 오던 트럭 아저씨도
오지 않는 날

눈 오는 날

지난밤 산짐승이 다녀갔는지
발자국이 간격을 맞추어
마당에 음표를 그려 놓았다

박자가 잘 맞는 그 발자국을 지우며
눈이 온다

오려면 좀 많이 왔으면 좋겠다
아무도 나를 찾지 못하게
누구도 이 집에 닿지 못하게

엄마는 마당에서 눈을 치우다가

돌아서서 나를 본다
왠지 슬픈 눈이 보인다
물기가 축축한 엄마의
눈에 젖은 눈동자

난방비를 걱정하며 보일러 온도를 내리는
할머니 몰래 오른쪽으로 온도계를 돌려 놓고
모른 체 친구랑 카톡을 한다

눈이 그치지 않는다
어두워진다
불을 켜고 우리 집 마당에만 내리는 듯한
눈을 한참 내다 본다

삼 일쯤 왔으면 좋겠다
세상을 다 덮었으면 좋겠다

반딧불이

아무도 없는 새벽 두 시 캄캄한 숲으로
반딧불이를 보러 갔어

반딧불이는 내게로 왔다가
나를 떠나갔어

왔다가 가고 또 갔다가 내게로 오는
반딧불이는

몸속에 무서운 독을 품은 채
사랑할 짝을 찾는다는데

저 빛나는 몸은
사랑하고 싶은 간절한 마음의 열매일까

저렇게 자기를 환하게 밝히고

나에게 잠시 다가왔던 친구처럼
금방 떠나간 친구처럼

보름만 저렇게 빛나고 죽는다는데
죽음으로 사랑이 완성된다는데

반딧불이가 쉴 무렵 숲을 나왔어

그 후로도 한참 꿈속을 떠다니는
반딧불이들

감자, 옥수수, 지하철, 인터넷

진로 캠프에서 만난 서울 친구는
내가 강원도 산골 산다는 말을 듣고
감자 옥수수 많이 먹겠다
웰빙이네, 건강하겠다 하고
신기한 듯 나를 본다

피자도 치킨도 먹어요
배스킨라빈스 아이스크림도
급식에 나오거든요
감자 먹은 지 오래됐고요
옥수수는 미백만 먹어요

지하철 없으면 어떻게 다녀
인터넷 쇼핑은, 인스타는

우리 동네도 도시의 마을버스처럼
시내버스 다녀요
와이파이 되고요
인스타에 사진도 올려요

수능 특강도 인터넷으로 사요

아직도 서울 사람들은 우리 동네 사람들이
감자 옥수수만 먹으며 연명하고
피자나 치킨은 명절 때나 먹을 수 있고
물물교환으로 닭고기나 삼겹살을 구하는 줄 안다
수렵 채취 생활을 하는 줄 안다
한 시간 이내 거리는
걷다가 쉬다가 걷다가 하면서
19세기 백성들처럼 사는 줄 안다

자식이 보낸 1등급 한우도 함께 굽고
칠순 기념 효도 여행 해외로 가면서
독거노인 친구 선물도 챙기는 할머니 할아버지들이
마을회관에서 스마트폰 활용법도 배우는

우리 마을은 그렇지 않다

피자가 오긴 와요

우리 집은 산골짜기에 있어서
피자 배달을 안 해 줘요
하나 시키면 거절당하고
두 개 시키면 삼거리까지는 와요

피자가 오긴 와요
삼거리까지 밤길을 다녀오면
피자는 다 식어서
토핑이 쪼그라들어서

그래도 동생과 맛있게 먹어요
남겼다가 데워 먹기도 해요

피자나라 치킨공주 아저씨가
공주가 타는 마차랑은 전혀 안 닮은
트럭을 몰고 배달을 와요
공주는 당연히 없고요
우리 반 친구 이름과 같은
나라도 없어요

3부

바람과 햇빛과 달빛과 비와 구름 속에서

내가 모르는 사이에
—질문 2

제비꽃은 왜 이른 봄에 피는지
햇살이 가득한 마당 가에 피는지

비는 왜 앞산에서 영화 속 폭격처럼 오는지
안개는 왜 비보다 먼저 산으로 오르는지

단풍은 왜 싸늘한 엄마 발보다 먼저 다가오는지
서리는 왜 늦은 밤 배추밭에 먼저 내리는지

싸락눈은 왜 새벽에 내려 마당 가에만 쌓이는지
그곳에 발자국 남긴 짐승은 어디서 낮잠을 자는지

이 동네 모든 것들은 왜 내가 모르는 사이에
서로 만나고 헤어지고 떠나고 남는지

봄밤

목련꽃 피었다 야간자습 끝나 돌아오는 길을 밝히는 가
로등같이
별은 수행평가하다가 조는 나처럼 졸고 있다
깜빡깜빡 반짝반짝
초승달 내 못생긴 손톱처럼 떠 있다
달 아래 엄마 아빠는

잠들었다

파꽃 핀 마당 가에서 개구리 울음소리 듣는다
겨울을 살아남아 꽃 피는 파꽃처럼 우는 개구리는

숨어서 운다
밤에 운다

울음이 달무리처럼 마을을 빠져나가면
자정이 지나고
고라니 울음도 별빛 아래 그치면

나는 잠든다
달 별 아래서

목련꽃 꽃잎 속에서

개구리

　개구리 운다 재잘거린다 자기들끼리 뭐가 그리 즐거운지 낄낄거린다 나도 친구들과 재잘거리고 낄낄댄다 그런 밤이면

　개구리 소리는 잠 속까지 들려 잠을 쫓는다 하지만 대학 가는 꿈을 쫓지는 못하는지 까무룩 잠을 자기도 하는데

　봄밤이 짧아지는 날 아침이면 개구리가 신발 밑창에 붙은 껌처럼 마을 길에 죽어 있다 차들은 그냥 달린다 바퀴 밑에서 탁 탁 탁 개구리 몸 터지는 느낌을 잊을 수 없다 난 봄밤이 싫다

　폴짝 뛰어 댓돌에 앉아 울음주머니를 키워 감자꽃에 내린 안개를 향해 여름아 길게 이어지라고 겨울아 오지 말라고

　애절한 말을 건네는 개구리를 보면서 일찍 어둠이 오는 마당을 내다보면서

개구리는 다섯 번은 겨울을 나야 자신의 일생을 다 산 것
이란 걸 문학 샘이 알려준 후로는

더 크게 들리는 개구리 울음소리

나는 자연인

나는 친구들에 비해 꽃 이름 풀이름을 잘 알아요. 문학 시간에 나오는 달맞이꽃이나 진달래꽃, 목련꽃을 참 좋아하고요, 나팔꽃과 메꽃도 구별할 줄 알아요. 명아주나 비름이나 싱아 같은 풀이름을 말하면 친구들은 나를 자연인이라고 놀리기도 하거든요. 어떻게 꽃 이름과 풀이름을 잘 아는지 신기해하면서 함께 걷는 길가 풀이름을 물어보기도 하는데요. 나도 다 아는 게 아니라서 난감한 경우도 있어요.

내가 풀꽃 이름을 잘 아는 건 풀꽃과 친구하며 컸기 때문이에요. 마을엔 친구가 없었거든요. 아침부터 풀로 밥을 해 먹고 꽃을 꺾어 반지나 화관을 만들며 놀았기 때문이죠. 풀꽃과 아침을 맞고 어둠을 맞았기 때문이죠.

풀꽃도 사람처럼 예쁘기도 하고
밉기도 하고
징그럽기도 해요
다 같은 거라고 생각하는데요

꼭 하나 다른 게 있어요
사람은 더 많은 땅을 가지려 하고
더 많은 걸 먹으려고 하는데
풀꽃은 그러지 않거든요

바람과 햇빛과 달빛과
비와 구름 속에서
함께 살다 겨울이면
사라지거든요

비 오는 날

비 오는 날이 좋아
고요한 날
마당 가 순돌이도 작은 집에서
비를 감상하는 날

엄마도 낮잠을 자는 날
할머니는 무슨 노래를 흥얼거리다가
잠깐씩 졸기도 하는 날

비 오는 고요한 오후엔 나도
마당을 내다보거나
건넛산으로 내려오는 안개를 보거나
비닐하우스를 때리는 빗소리를 듣지

빗소리를 베고 낮잠을 자지

7월

감자꽃이 할머니 고무신처럼 피는 날
고무신 댓돌 위에서 조심조심 잠자는 날

성적표 오듯 소나기 오는 날
푸른 나무들 비안개에 지워지는 날

산목련꽃 엄마 여름 치마처럼 피는 날
꽃그늘로 짙은 초록 바람 지나는 날

마당엔 전학 간 친구 닮은 채송화 피는 날
비 맞아 떨어진 꽃잎 만져 보는 날

그리운 날 허무한 날 막막한 날

다시 꽃과 나무와 바람과 하늘 보는 날

현관 흩어진 신발 가지런히 놓는 날

옥수수

옥수수는 정말 잘 자란다

할머니는
"옥수수와 네 동생은 보는 데서 자라네"
하시는데

난 옥수수도 동생도
자라는 게 안 보인다

자고 일어나면 한 뼘쯤 자라 있다

세상은 나 몰래 변하는 거니까

그런데 저렇게 빨리 자라면
빨리 죽지 않을까

난 천천히 자라고 싶다
느리게 걷고 천천히 밥 먹으면서

옥수수처럼 빨리 열매를 맺지 말고
그런 기대나 약속은 저버리고

천천히 꽃도 나무도 보면서

노란 해당화 핀 집

노란 해당화를 봤어
학교 앞 할머니 집 마당에서

풀밭이 된 할머니 집 마당엔
가끔 길고양이만 드나드는데
할머니는 어디로 가셨을까

마당가에 노란 해당화 피었어
여름이 오고 있는데
저렇게 아름다운 꽃이

검색해 보니 그 노란 해당화
우리나라 꽃이 아니었어
중국서 살러 온 꽃

할머니는 먼 나라에서 살러 온
노란 해당화 같은 며느리와
어디로 가셨을까

노란 해당화 같은 며느리와
겨울을 나고
내년 봄엔 돌아오실까

노란 해당화가 이젠 자기 집처럼
지키고 있는
저 낡은 집으로

모두의원

우리 동네엔 병원이 하나 있어요
모두 가는 병원이라 '모두의원'

보건소 의사는 무슨 세미나가 그리 많은지
약 타러 가면 늘 부재중

배가 아파 가는 '모두의원'
머리 아파 가는 '모두의원'

코로나 백신 맞으러 가는
할머니 독감 예방접종도 하러 가는

모두의원은 모두를 위한 곳
모두의원에서 모두 건강해지는 곳

문제는 단 하나

복통약과 두통약이 같아요
설사약과 진통제가 같아요

병은 달라도 약은 똑같은
그래서 그 병원은 '모두의원'

명자꽃

학교 앞 할머니 댁 빈집 마당에
명자꽃 피었어요
봄빛이 저렇게 빛나는 건
그 빛 속에 저렇게 찬란한 꽃을 피우는
지구의 에너지가 있기 때문이겠죠

명자꽃
이름도 예쁜 명자꽃
가을이면 단단한 명자가 달리는 나무
사람들은 쓸모없는 나무라고 하지만
난 꽃이 좋고 열매가 좋아요

명자는 우리 고모 이름
밝은 명자에 아들 자
일본식 이름이라고 하지만
저는 명자 고모가 좋아요
계절에 한 번쯤 오시는 날엔
용돈도 생기고 한우도 먹어요

명자 고모에겐
행복한 시간만 있었던 건 아니었나 봐요
왼손엔 흉터가 드문드문 있고
번듯한 학교를 다녔다는 이야기는 없거든요
그래도 난 명자 고모가 좋아요

명자꽃 핀 집 할머니가 가끔 마당 가에 앉아
지나는 우리를 명자꽃 보듯 보시던 날이
있었는데요
명자꽃 다시 필 때쯤이면
그 할머니는 집으로 돌아오실까요
명자 고모 같은 며느리랑 함께
뜨락에서 명자꽃 같은 손자를
보실 날 있을까요

무꽃

학교 가는 길에 핀
흰 꽃
흰 꽃밭

모산댁 할아버지는 굽은 허리를 더 굽히고
새벽부터 태국 노동자들과 무씨를 심었는데

잘 자라던 무에 꽃대가 나오더니
무꽃이 피었어요

한두 송이가 천만 송이가 되고
넓은 밭이 꽃밭이 되자

모산댁 할아버지 술 취하는 날 많아지고

피서철 관광객들 그 무 꽃밭이
메밀꽃밭이라고
메밀꽃 향기를 맡는 흉내를 내면서 사진을 찍으면
나는 그 꽃도 분별하지 못하는 관광객들 흉보다가

알싸한 무꽃 향에 눈물이 날 것 같아요

꽃이 지면 마을에
무 썩는 냄새가 진동할 거예요

모산댁 할아버지 그림자에서
소주 냄새가 날 것 같아요

무꽃이 꽃이 없다는 말이냐고
학교 샘 농담을 하시는데

난 그랬으면 좋겠다고 생각하면서
꽃밭 지나 학교로 갑니다
꽃밭 지나 집에 옵니다

감나무가 없는 우리 동네

우리 동네에는 감나무가 없다
대추나무도 살지 못한다
시베리아는 아니지만
우리나라에서 제일 추운 곳

하지만 사과밭이 등장하고
인삼밭이 늘어난다
가을볕에 빨간 사과가 빛날 때나
검은 천막 속에서 인삼이 쑥쑥 크는 걸 볼 때마다
기분이 좋아지긴 하지만

11월에도 서리가 오지 않고
4월 중순에 진달래가 피는데
지구가 미쳤다는 걸
이 산골에서도 알 수 있다

지구는 더 심하게 미쳐 가고 있는지 모른다
앞집 할아버지는 지난봄 대추나무를 심었고
마을회관에선 동해에서 잡힌 대방어 회를 먹는다

내가 어른이 되면
밭에 귤나무를 심고 유자를 딸지도 모른다
고랭지 배추나 무 농사는 역사책에나 남을지도
감자꽃은 개마고원에나 가야 볼 수 있을지도
정말 그럴지도 모른다

은행나무

마을 회관 앞 은행나무 아래에 앉으면
그늘이 세상을 가득 채워요

앙상한 나무가 노란 나뭇잎을 떨굴 때까지
학교를 오고 가다가
어느 진서리가 내리는 날
그 낙엽을 밟으며 집에 돌아오면

나무는 내 꿈속으로 찾아와
다정하게
혼자 보낸 한 해를 다독이거든요

은행나무에 잎 피면
내 마음에도 봄이 오고
은행나무 잎 지면
내 마음도 시들어요

잎이 피고 지는 사이 나는
학교를 졸업하고 대학을 갈 거고요

은행나무는 1년 동안 늙으면서
수천 개의 은행을 키워
마을회관 할아버지들께 나눠 주지요
너른 품으로 그늘을 주다가
마지막으로 열매도 나눠 주는데

난 언제쯤 내 마음의 일부를 떼어
남에게 줄 수 있을까요
누군가 쉴 만한 그늘을
넓게 넓게 만들 수 있을까요

4부

이제 학교를 떠날 때

목련

체육관 뒤 외딴곳
택배 차나 담배 피는 샘들만 다니는
해가 잘 들지 않는 그곳에

목련나무 한 그루 있어요
교실 앞 철쭉이 꽃망울을 맺을 무렵
뒷산 진달래꽃 지고 잎이 필 무렵
중간고사 시간표가 발표되고
수행평가 계획서가 칠판에 붙을 무렵

목련이 피어요
도서관 귀퉁이에 숨어서
예쁜 그림책 보는 걸 좋아하는 나처럼
몇 송이만 몰래 피어요

꽃이 그 환한 얼굴을 펼 때쯤
나는 하루 세 번쯤 그 목련꽃을 보러 가서
나무 그늘에 앉아 있다가
꽃을 보다가

떨어진 꽃잎을 보다가
떨어진 꽃잎을 주워 풍선처럼 불어 보다가
나무 이파리가 하늘을 가리기 시작하면
목련나무와 이별해요
중간고사 공부를 해야 하거든요

목련꽃은 내가 졸업한 후에도 피겠죠
외롭게 내 발자국 소리를 기다리겠죠
가끔 외로운 마음으로 별과 달도 보면서
달보다 밝은 꽃을 피우는 날 기다리겠죠

내가 찾아올 날 기다리겠죠

빵꽃

꽃빵을 빵꽃으로 부르기로 했다
급식에 나온 빵
세상에서 제일 맛 없는 빵
샤프를 돌리듯 돌려서 풀면
아무것도 없이 사라지는 빵

새벽에 온 마당 가 첫눈 같은 빵
파프리카 비닐하우스 같은
꽈배기처럼 하늘을 말아 올리는
여름날 구름 같은 빵

빵을 꽃이라 부르기로 하니까
모든 게 다 맛있어 보여
모든 개 다 향기 은은한
근사한 꽃처럼 보여

흰 입김을 불며 교문을 들어서는 친구들도
친구들을 맞이하는 선생님도
잠시 앉았다가 날아가는 곤줄박이도

첫사랑

맑은 날이었어
바람은 너의 가는 머리카락처럼
간지럽게 불었어
하늘을 보면 은하수가 사라진 자리로
새떼가 날아가는
저녁이었지

너의 운동화 자국에 담긴
따뜻한 말과 웃음과
찰랑거리는 나의 기대와
또 궁금한 너의

저녁이 생각났어
어떻게 작은 방에 들어가
모서리에 앉아 강아지를 쓰다듬는지
슬며시 침대 모서리에 앉았다가 누워
어두워진 창밖을 보며

내 생각하는지

꿈꾸는지
은하수 밝은 밤하늘 속으로
나를 만나러 오는지

잠은 또 반듯하게 자는지

야속하고 야속한 국어 샘

남친이랑 싸우고
답답해서 죽을 것 같아
속상해서
국어 샘한테 짜장면 사달라고 갔어

국어 샘
작은 할아버지 같은 국어 샘
안경을 걷어 올리고는
운동장 옆 산수유 꽃을 들여다보던

이별이 슬퍼 미칠 것 같으면 찾아오라고
고춧가루 팍 넣은 짜장면 사 준다고 하시길래

교무실 문을 열고 불쌍한 표정으로
국어 샘을 불렀는데

뭐가 그렇게 괴로워 인마
사랑은 가고 또 오는 거야
참고 기다려

스님이 도 닦듯이

야속하고
야속한
국어 샘

난 간호과를 갈 거예요

아빠는 솜씨 좋은 셰프였어요
손만 대면 최고의 간짜장과 해물짬뽕이 탄생하고
바삭바삭하고 촉촉한 찹쌀 탕수육을
달콤한 소스와 함께
비밀의 문을 열 듯이
신비한 맛의 세계를 열던

가겟세를 올려달라는 집주인 이야기에 속상했던 아
빠는
음주운전으로 집에 돌아오다 사고가 났어요
죽음을 피한 아빠가 보조기에 기대 겨우 마당을 산책하
기 시작한 건
오 년 전쯤

엄마는 농협 마트 계산원으로 막국수 집 주방으로
저녁엔 신음 소리와 함께 잠자고
아침엔 파스 냄새와 함께 출근하는데

난 국문과나 문화인류학과를 가고 싶어요

근사한 시나 소설을 읽으면서 그 아름다운 말들에서
시베리아나 남미의 벌판과 밀림을 보거나
그곳에 오래 산 사람들의 페인팅이나 장신구들을 보면서
인간의 기원에 대해 공부하고 싶었죠

그것이 안 된다면 국어 선생님이 되고 싶었죠
내가 사는 이런 시골에서 우리말의 아름다움을 아이들과 함께하는

수시모집 원서 접수가 시작되었어요

난 간호과를 갈 거예요
빨리 돈 벌어서
아빠 보조기를 새 걸로 바꿔드리고
엄마 몸에서 나는 파스 냄새와 이별하려고요

간호사가 된 후 국문학자나 인류학자처럼
좀 고급스럽게 사는 방법은

나중에 찾아보려고요
그러려구요

매미가 운다

매미가 운다 새벽부터 운다 지치지도 않고 잠도 자지 않고

날 떠나갔으면, 징징대면서 날 따라다니던 몇 년 전 어린 동생같은

저 매미도 찬 바람 불면 죽을 텐데, 열심히 자신의 삶을 사느라고 그럴 거야, 나도 그렇잖아, 시험 기간에만 매미처럼 밤새 외우고 시험 끝나면 죽은 듯이 잠들지, 행복하잖아, 그럴 거야

아니, 좀 쉬면 안 될까, 새벽부터 일 나가는 엄마도, 주말에도 집에 오지 못하는 아빠도, 수행평가에 지필평가에 학기 말 탐구 수업에 피피티 발표에 점령당한 나도

수능이 가까워질 무렵 운동장 가 물푸레나무에 매미 껍질이 달라붙어 있다 바싹 말랐다 엄마도 말라 간다 나도 말라 간다 나를 빠져나간 나는 어디쯤 가 있을까

고래
―세월호 추모 기간에

고래가 되고 싶은 날이었어 수행평가를 마치고 빛나는
머릿결이 노을 속에서 찰랑거리는 너의 뒷모습이 어두워지
는 날

고래가 되어 바다사자도 만나고 강치도 만나고 대왕문
어 집에 들러 에너지 음료도 마시면서 멕시코나 아르헨티
나 앞바다까지 가서

아무도 모르는 곳에 가서

지느러미를 한번 움직이면 거센 물결을 삼키면서 백 미
터쯤 나아가고
수면으로 솟아 내 거대한 몸 보여줄 수 있다면

빛날 수 있다면

아직 따뜻하고 부드러운 침대를 찾지 못한 세월호 언니
들을 만날 수 있다면
내가 고래가 되어서

남극 대륙에 닿을 수 있다면

나는 고래
그래 나는 지구를 지키는 고래가 되고 싶은 날이었어
아주 평범한 어느 날

일탈하라고요, 나보고요?

전 술 마시고 담배 피우는 친구들 이해해요. 중학교 3학년 때던가 저도 담배나 술 생각해 본 적 있거든요. 가끔 새로운 게 필요해요. 이곳은 새로운 게 없거든요. 친구들도 유치원부터 고등학교까지 다 같고요, 마을 사람들도 변하지 않거든요. 새로 편의점이 생기지도 않아요.

새로운 게 없으니까 술이나 담배라도 새로 해 보는 게 좋겠다고 친구들이 말해요. 맞는 말이에요. 어른들은 나쁘다고 하지만 우린 해 본 적 없잖아요. 해 보고 나쁘면 안 하면 되는 일인데요.

그런데 전 그래서 술 안 먹고 담배 안 피우는 건 아니에요. 흔히 일탈 행동이라고 하는 거 다 형편이 되니까 하는 거예요. 술 담배 살 돈은 있어야 하잖아요. 학생부 선생님께 걸렸을 때 학교 와 줄 부모님이라도 있어야 하는 거잖아요.

저에게 일탈을 하라고요? 부모 보면 자식 안다고 할까 봐 못해요. 마을에 젊은 여자는 엄마뿐이라서 못해요. 엄마가 학교 와서 담임 샘 만나는 거 무서워서 못해요. 아무튼 못해요.

　동네 할머니들 마을에 학생은 저와 동생밖에 없다고 먹을 거도 주시고 용돈도 주시는데, 마을엔 새댁이 엄마밖에 없다고 우리 엄마 별나게 아끼시는데 일탈을 하라고요? 저에게요?

법과정치 수업 시간에

내가 선택한 법과정치 수업을 듣는 친구는
모두 열 명
헌법과 자유와 평등에 대해
없는 집도 사고 월세 계약도 해 보면서
합법 행위와 불법 행위에 대해
개그맨 닮은 법정 선생님과 공부를 하는데요

자유롭고 평등한 수업 시간에
의무를 다하고 권리를 행사하는
토론과 발표 시간에
우리의 민주주의에 대해 고민하면서
수행평가지를 채우고
빈칸만큼 커다란 우리의 미래 사회에 대해
시험도 보고

성적표를 받아요
등급이 없는 성적표를
숫자는 있지만
열 명의 등급을 나누지 않는

가장 민주적인 법정 시간 성적표

우리는 자기의 등급이 표기되지 않는
그런 세상을 생각합니다

이 시골 학교 법과정치 수업 시간에

고라니가 우는 이유

가끔 앞산에서 비명이 들려요
악 악, 악을 쓰는데
무슨 짐승인지, 인생이 참 힘든지
나처럼 강원도 산골에 살면서
혼자 먼 길을 걸어 집에 오듯이
외로워서 누군가 그리워서
저렇게 소리를 지르나보다
생각했는데

문학 시간에 수필 쓰기 하면서
그 짐승 이야기를 썼어요
그 짐승처럼 가끔 소리를 지르고
가끔 숲속을 달리고 싶다고
눈만 뜨면 보이는 저 지겨운 산에
불을 지르고 싶다고
그 죄로 구속되고 싶다고

문학 샘이 말했어요
그 울음 주인공은 고라니인데

사랑하는 고라니를 부르는 거라고
행복하고 애틋한 소리라고
어떤 소리는 누구에겐 비명이지만
다른 누구에겐 감동이나 공감이라고

여름이 오고 있었어요
고라니는 짝을 찾았는지
더 이상 비명을 지르지 않아요
나도 비명을 지르다 지쳐
더 이상 혼자 울지 않아요
졸업하면 서울로 대학 갈 꿈이 사라졌지만
슬프지는 않지요

고라니가 또 울 때쯤
나는 어디에 있을까요
무얼 하고 있을까요

사요나라 일본어 샘

일주일에 한 번 오시는 일본어 샘
마음이 너무 곱고 예쁜 일본어 샘

일본어 유창한 발음을 들을 때마다
샘이 유학했다는 오키나와 해변이 보이는 듯하고
타코야키 만들기 시간에
그 탱탱한 문어 다리를 씹을 때면
샘이 여행했던 온천 물 온도가 느껴질 듯도 한

맑은 눈동자로 나를 보시면서
졸업하고 만나면 오코노미야키 먹으러 가자고
우리 마음을 철판에 잘 볶아서 나눠 먹자고

일본을 가볼 수 있을까
엄마 고향은 가고 싶지 않지만
일본어 샘과 일본은 가 보고 싶어
초밥도 먹고 유니버셜 스튜디오도 가 보고
내가 좋아하는 필기구도 마음껏 사고

한 달만 지나면 졸업이다
일본어 샘과는 이별
이별은 아무리 겪어도 익숙해지지 않는다는
일본어 샘 말씀이 실감나기 시작하는 때

우리는 다시 만날 수 있을까
난 어디로 가서 무엇을 할 수 있을까
타코야키처럼 둥글게 살 수 있을까
일본어 샘 미소처럼 따뜻한 사람들을 만날 수 있을까

일본어 샘 안녕
사요나라

고3

난 어디로 갈 수 있을까
이 산골을 떠나
전교생이 100명도 안 되는
시골 학교를 떠나

나 혼자 잘 살 수 있을까
혼자 밥 먹고
복잡한 길 잘 찾아다닐 수 있을까
전세 사기나 당하지 않을까

새로운 친구를 사귈 수 있을까
차별받지 않을까
남자아이들은 나를
외국인 유학생으로 보지 않을까

집 떠나는 날
무섭게 다가오는데

그래도 기다려지는 도시의 대학교

근사한 교문과 멋진 대리석 건물들

난 나에게 잘 살 수 있을 거라고
용기를 주고 또 주어 본다

졸업

고라니를 본 적 있어요
별자리를 보러 나온 마당 가에서
난 고라니 엉덩이가 궁금했는데
고라니는 내 어두운 얼굴에 놀랐는지
귀를 세우고 눈을 크게 뜨고
나를 노려보더니
앞산으로 내달렸어요

갑작스러운 만남은 늘
서로에게 기대나 호기심을 주지만
상대 마음이 다 내 마음 같은 건 아닐 거예요

고라니가 놀라 내 곁을 떠났듯
내가 고라니 뒷모습을 오래 서서 기억하듯

나도 이제 학교를 떠날 때가 되었어요
졸업이에요
고라니처럼 만났던 친구들과
이별

난 친구들에게 늘 고라니 같았을 거예요
어디서 문득 나타난 나라는 존재
엉덩이에 흰 무늬가 있는지 궁금한 존재

엄마랑 어떤 언어로 대화하는지
머릿속엔 외국의 말이 가득한지
사람을 처음 만나면 놀라는지 두려워하는지

궁금해도 말 안 하는 친구들과
이젠 안녕이에요
고라니도 감자밭도 배추밭도
가끔 무나 양배추 작업을 오던
엄마 고향 사람들과

이젠 안녕이라서
이런 말 다할 수 있어요

시인의 산문

나와 다른 존재를 생각하는 시간

나와 다른 존재를 생각하는 시간

지금은 3월 초입니다. 창밖엔 눈이 내립니다. 정해진 것 없이 날리는 눈은 어느 순간 자신의 자리를 찾아 지상에 내려앉습니다. 참 다행입니다. 저도 저 눈송이처럼 방향을 잃고 살았던 때가 있었습니다. 하지만 지금은 이 지구의 어느 모퉁이에 자리 잡고 이렇게 글을 쓰고 있습니다. 저도 참 다행입니다.

저는 기억도 가물가물한 여덟 살부터 염색해야 흰머리를 가릴 수 있는 지금까지 학교에 다녔습니다. 그 긴 시간 동안 저는 인간이 함께 살아가는 것은 무엇인지, 어떤 마음으로 살아가야 모두 행복한지 고민했습니다. 뚜렷한 결론에 도달하지는 못했지만 작은 깨달음은 얻을 수 있었습니다.

먼저 인간이 함께 행복하게 살아가는 데 필요한 마음은 다른 사람의 생각이나 감정을 이해하고 공감하는 마음이라는 것을 이야기하고 싶습니다. 나 혼자 사는 세상이 아니니까 함께 사는 사람들과의 관계가 가장 중요합니다. 함께하는 사람과 생각이 달라 싸우거나 그 과정에서 감정이 상하면 너무 괴로운 시간을 보내야 합니다. 이 괴로움은 심하면 나 자신을 파괴할 수도 있습니다. 좁게는 가족을, 그리고 친구를, 넓게는 이 지구에서 함께 살아가는 사람들을 이해하고 공감하는 마음이 가장 중요합니다.

이 이해와 공감의 마음을 더 넓힐 필요가 있습니다. 인간을 벗어나 동물로, 식물로 넓히면 우리는 더 행복해질 수 있습니다. 그런데 이렇게 마음을 넓히는 것은 세계를 무작정 이해하고 공감하려고 하는 마음만으로는 어렵습니다. 우선 나를 제외한 모든 것은 나와 다르다고 생각하는 것이 필요합니다. 또한 나는 아는 것이 부족한 존재라는 태도도 필요합니다. 사람들은 이러한 태도를 겸손이라고 하기도 합니다. 그리고 세계를 알려고 노력해야 합니다. 아는 것에서 출발해야 편견도 벗어날 수 있고 다른 존재의 가치도 발견할 수 있습니다. 그래서 옛날부터 어른들이 '공부해라, 공부해라' 했는지도 모릅니다.

제 청소년기를 되돌아보면 부끄러움이 앞섭니다. 저는 고집이 센 아이였습니다. 쓸데없이 자존심만 센 시절을 보냈습니다. 친구들과 함께 지내는 시간이 많았지만, 진정으로 그 친구들을 이해하고 공감하려고 노력하지는 않았습니다. 그래서 늘 짐승들 서열 싸움하듯 순위를 정하는 일에 열정을 다했습니다. 그러니까 늘 갈등을 겪어야 했습니다. 싸움은 일상처럼 벌어졌습니다. 그 폭력성은 제 일상을 다

덮기도 했습니다. 제 곁에 있던 동물은 잡아서 고기를 취하는 대상이었고, 아름다운 꽃을 피우는 식물들은 식재료 이상의 고귀한 것으로 생각하지 못했습니다. 물론 먹을 것이 부족한 시절이었으니까 비난받을 일은 아니라고 할 수 있습니다.

그렇게 생활하던 저에게 작은 사건이 일어났습니다. 저는 초등학교 고학년부터 젖과 새끼를 얻어 가족에게 도움이 되려고 염소를 키웠습니다. 가을에 임신한 염소가 봄이 되면 새끼를 낳았습니다. 갓 태어난 염소 새끼란 세상 어느 동물보다 귀엽고 사랑스러운 존재란 걸 그때 처음 알았습니다. 그런데 젖을 짜 우리 식구가 먹고 이웃에 팔아야 했기에 새끼가 마음껏 어미 젖을 먹을 수 있는 기간은 고작 열흘 정도였습니다. 어미 젖을 먹고 싶어 저를 쳐다보는 어린 염소 새끼 눈을 보면서 저는 모르는 사이에 슬픔을 배웠습니다. 원하는 것을 할 수 없는 존재의 슬픔이라면 좀 과한 이야기일까요.

이 어린 염소는 가을이 되면 다시 새끼를 가져야 합니다. 그래야 다음 해 새끼를 낳고 젖도 많이 생산할 수 있거든요. 그런데 수놈과 교미를 시켰으나 임신이 안 되는 경우가 가끔 있었습니다. 그러면 강원도 시골말로 '둘치'가 되었다고 판단하고 내다 팔거나 동네 사람들이 모여 잡아먹었습니다. 쓸모없는 존재가 되어 버린 것입니다. 제가 키우던 염소 한 마리도 '둘치'가 되었습니다. 언제 팔려 갈지, 언제 마을 도랑에서 어른들의 음식이 될지 조마조마하던 어느 날이었습니다. 학교에서 집으로 돌아오던 길에 갑자기 들려온 염소 비명 소리. 가슴이 뛰었습니다. 그리고 제가 키운 염소는 핏자국만을 남기고 사라졌습니다.

이 슬픈 일을 겪은 후 저는 제 주변에 생명이 있는 모든 것이 나와 연관되어 있고, 그 관계가 참 중요하다는 생각을 가지게 되었습니다. 나를 존재하게 하는 사람과 동물과 식물 등 모든 것이 나에게 소중한 존재이고, 이 존재를 존중하는 마음을 가져야 평화로운 세상이 되지 않을까 생각하게 되었습니다. 그 후 저는 주변의 대상을 잘 관찰하고 탐구하고 관계를 맺으며 잘 알려고 노력했습니다. 지금 생각해 보면 그것이 곧 공부였습니다. 그리고 그 공부 중 제가 열심히 정성을 들였던 것은 글쓰기였습니다. 시를 쓰는 일은 그 어린 염소의 죽음에서부터 시작되었다고 기억합니다.

우리는 지금 다른 생각과 감정을 가진 사람들도 만나지만, 피부색이 다르고 말이 다른 사람들도 만납니다. 문화와 역사가 다른 사람들도 이웃으로 친구로 함께 살아갑니다. 그런데 아직도 우리 주변에는 그 사람들과 자신을 위와 아래로 구분하고 적이라 부르고 공격하는 사람들이 많습니다. 과거 우리나라 사람 중 일부가 가졌던 생각이 아직도 남아 있는 경우를 많이 만납니다. 그리고 아직도 동물과 식물을 단순한 먹을거리로, 눈요깃거리로, 마음대로 해도 되는 하찮은 것으로 생각하는 사람들이 있습니다.

우리는 나와 다른 사람들과 함께 조화를 이루며 공감하며 살아야 한다는 것을 알고 있습니다. 이제는 실천해야 할 때입니다. 그래야 우리 사회는 평화로울 수 있고 죄 없는 사람들이 가난하다는 이유로 죽거나 다치는 일이 없을 것입니다. 확신을 가져야 합니다.

저는 지난 30여 년 학교에서 학생들과 생활하면서 생각이 다른 친구들과 함께 공감의 중요성을 알고 실천하는 활동을 많이 했습니다. 그리고 최근 강원도 시골 학교에 근무하면서 먼 나라에서 온 엄마를 둔 학생들을 많이 만났습니다. 그 학생들과 함께 한 시간은 너무나 행복한 시간이었습니다. 하나같이 겸손하고 정직하고 타인을 배려하는 품성을 가진 학생들이었습니다. 그 학생들과 함께 한 시간을 시로 적었습니다.

더 많은 사람이 이 책에 실린 시를 읽고 한 번쯤 나와 다른 존재에 대해 생각하는 시간을 가지면 좋겠습니다. 지금 제 마음이 많은 사람들에게 가 닿기를 기원합니다.

독서활동지

▷ 「빵꽃」(93쪽)이란 시처럼 이름을 바꿔 부른 경험을 적어 보고, 대상이 가진 이름의 중요성에 대한 생각을 써 보자.

[12문학01-08] 작품을 읽고 새로운 시각으로 재구성하거나 주체적인 관점에서 작품을 창작한다.

....

....

....

▷ 「고래」(102쪽)를 읽고 자신이 겪은 사회적 참사에 대한 느낌을 적어 보고, 희생자에게 하고 싶은 말을 써 보자.

[12문학01-11] 문학을 통해 공동체가 처한 여러 문제들을 이해하고 문제 해결에 참여하는 태도를 지닌다.

....

....

....

▷ 「당연한 것들에 대한 질문」(31쪽)을 읽고 자신이 겪거나 알고 있는 차별의 구체적인 예를 적어 보고 그 원인이 무엇인지 생각해 보자.

[12문학01-11] 문학을 통해 공동체가 처한 여러 문제들을 이해하고 문제 해결에 참여하는 태도를 지닌다.

....

....

....

▷ 「나는 자연인」(70쪽)을 읽고 친구들보다 나은 나의 장점을 찾아보고 그 장점을 발휘하여 친구들을 도와주었던 경험을 써 보자.

[12문학01-07] 작품을 공감적, 비판적, 창의적으로 감상하며, 다양한 방식으로 작품에 대해 비평한다.

....

....

▷ 「무꽃」(82쪽)을 읽고 자신이 알고 있던 사실이 잘못되었다는 것을 깨달은 경험과 그 과정에서 느낀 점을 써 보자.

[12문학01-10] 문학을 통하여 자아를 성찰하고, 타자를 이해하며 상호 소통한다.

....

....

....

▷ 「난 간호과를 갈 거예요」(98쪽)를 읽고 자신의 진로에 대해 고민한 경험과 지금의 진로로 결정한 계기에 대해 써 보자.

[12문학01-10] 문학을 통하여 자아를 성찰하고, 타자를 이해하며 상호 소통한다.

....

....

....

▷ 「고전읽기 수업 시간에」(34쪽)를 읽고 수업 활동 중 문화나 역사의 차이를 느낀 과목과 구체적 내용을 써 보자.

[12문학01-07] 작품을 공감적, 비판적, 창의적으로 감상하며, 다양한 방식으로 작품에 대해 비평한다.

....

....

....

▷ 「봉평 장날」(52쪽)을 읽고 어른들의 활동이나 주장에 공감한 경험을 적고 그 과정에서 배운 점을 써 보자.

[12문학01-11] 문학을 통해 공동체가 처한 여러 문제들을 이해하고 문제 해결에 참여하는 태도를 지닌다.

....
....
....
....

▷ 「내가 야자를 하는 이유」(36쪽)를 읽고 자신의 행동이나 결정을 다른 사람이 오해한 경우를 적고 그 상황에서 느낀 점을 써 보자.

[12문학01-10] 문학을 통하여 자아를 성찰하고, 타자를 이해하며 상호 소통한다.

....
....
....
....

▷ 이 책에 등장하는 화자는 어떤 친구인지 생각해 보고 이 화자에게 하고 싶은 말을 자유롭게 써 보자.

[10공국1-05-01] 문학 소통의 특성을 고려하며 문학 소통에 참여한다.

....
....
....
....

<참고>
고등학교 교육과정의 성취기준

공통국어 중 (5) 문학
[10공국1-05-01] 문학 소통의 특성을 고려하며 문학 소통에 참여한다.
[10공국1-05-02] 갈래에 따른 형상화 방법의 특성을 고려하며 작품을 수용한다.
[10공국1-05-03] 작품 구성 요소의 유기적 관계와 맥락에 유의하여 작품을 수용하고 생산
한다.
[10공국2-05-01] 한국 문학사의 흐름을 고려하여 작품을 수용한다.
[10공국2-05-02] 주체적인 관점에서 작품을 해석하고 평가하며 문학을 생활화하는 태도를
지닌다.

<선택교육과정-문학> 성취기준
[12문학01-01] 문학이 인간과 세계에 대한 이해를 돕고, 삶의 의미를 깨닫게 하며, 정서적·미
적으로 삶을 고양함을 이해한다.
[12문학01-02] 문학의 여러 갈래들의 특성과 문학의 맥락에 대해 이해한다.
[12문학01-03] 주요 작품을 중심으로 한국 문학의 범위와 갈래, 변화 양상을 탐구한다.
[12문학01-04] 한국 문학에 반영된 시대 상황을 이해하고 문학과 역사의 상호 영향 관계를
탐구한다.
[12문학01-05] 한국 작품과 외국 작품을 비교하며 읽고 한국 문학의 보편성과 특수성을 파
악한다.
[12문학01-06] 문학 작품에서는 내용과 형식이 긴밀하게 연관됨을 이해하며 작품을 수용한다.
[12문학01-07] 작품을 공감적, 비판적, 창의적으로 감상하며, 다양한 방식으로 작품에 대해
비평한다.
[12문학01-08] 작품을 읽고 새로운 시각으로 재구성하거나 주체적인 관점에서 작품을 창작
한다.
[12문학01-09] 다양한 매체로 구현된 작품의 창의적 표현 방법과 심미적 가치를 문학적 관점
에서 수용하고 소통한다.
[12문학01-10] 문학을 통하여 자아를 성찰하고, 타자를 이해하며 상호 소통한다.
[12문학01-11] 문학을 통해 공동체가 처한 여러 문제들을 이해하고 문제 해결에 참여하는 태
도를 지닌다.
[12문학01-12] 주체적인 문학 활동을 생활화하여 지속적으로 문학을 즐기는 태도를 지닌다.

<출처: 한국교과서협회 홈페이지(https://www.ktbook.com/) – 자료실–교과서기본정보–2022개정교육과
정_총론및각론–국어과>

스무 살이 되기 전에
2025년 4월 11일 1판 1쇄 펴냄

지은이   김남극
펴낸이   김성규
편집   조혜주 최주연
디자인   신혜연
펴낸곳   쉬는시간
주소   서울 마포구 동교로 17길 65, 501호
전화   02 323 2602
팩스   02 323 2603
등록   2019년 9월 3일 제2022-000287호

ISBN 979-11-988905-5-9 44810
ISBN 979-11-984300-0-7 (세트)

* 이 시집은 강원특별자치도, 강원문화재단의 지원을 받아 발간되었습니다.
* 이 책 내용의 전부 또는 일부를 재사용하려면 반드시 지은이와 출판사의
  동의를 얻어야 합니다.
* 잘못된 책은 교환해 드립니다.